賞析導讀

黃筱茵
（兒童文學工作者）

永無止境的奇想冒險

這是一個讓人看了忍不住開心哈哈大笑的可愛故事。看起來時常一號表情，腦袋卻總是咕嚕咕嚕冒出古靈精怪點子的野貓軍團，這一回打起迴轉壽司店的主意。到底要怎麼做才能不付半毛錢，就吃到美味可口的迴轉壽司呢？野貓軍團異想天開的做法，引發了一段高潮迭起的趣味狂想曲。

工藤紀子是當今日本紅透半邊天的繪本作家，她創造出多個不同系列的暢銷故事，野貓軍團正是近來很受矚目的要角。這八隻黃澄澄的貓咪顛覆了兒童故事中的主角只能又乖又善良無害的基本設定。牠們在每集故事中都會惹個大麻煩，想吃麵包卻意外炸掉麵包工廠；偷偷把汪汪老闆的火車開走，還不小心讓爆米花淹沒整個小鎮。顯然無法抗拒美食的野貓軍團，在這一集故事中，趁著夜色改造迴轉壽司店的壽司轉盤軌道，想要不勞而獲、大快朵頤，吃掉店裡所有的美味壽司！

作者豐沛的幽默感獨樹一格，跟著她筆下的畫面，會看到許多趣味洋溢的鏡頭。看看汪汪老闆的壽司店裡，擠滿了各式各樣的客人，客人的組成包括人類還有各種動物唷。汪汪老闆正勤奮的捏著握壽司；一旁身型迷你的小雞師傅站在凳子上製作手捲；母雞師傅現撈各種活跳跳的魚類海鮮；貓咪們站在窗外踮著腳尖、伸長脖子往店裡偷看的模樣，實在太好笑了！這則故事同時充分運用聲音效果營造栩栩如生的臨場感：野貓軍團所有的貓咪在夜裡努力推著一堆木板與工具朝汪汪老闆的壽司店前進時，推車發出嘎拉聲；費力釘著轉盤時，手上槌子發出咚康的響聲；水管發出巨大的噗西噗西噗西聲……豐富的聲音描繪讓讀者在閱讀故事時，就像跨進故事現場，一路追蹤野貓軍團的祕密任務，非常有趣！

故事雖然描述野貓們闖禍後乖乖認錯，為了將功贖罪幫忙捕撈海鮮，用意卻不在灌輸道德教訓。壽司店臨時改在海邊開張，所有客人席地而坐，陶醉的享用美食的畫面，讓人嚮往得很想跳進故事裡一起大吃。嘻，猜猜淘氣的野貓們會學乖嗎？未來肯定還有一連串充滿歡笑、動感與奇想的冒險！

請ㄑㄧㄥˇ好ㄏㄠˇ好ㄏㄠˇ做ㄗㄨㄛˋ事ㄕˋ。

「等一下，你們還有工作沒做完。」

「捕捉到很多很多鮮魚

真是太好了，我們可以回家了。」

「喵——喵——」

本日因店內淹水、汪汪壽司改在此營業

請來享用剛剛捕撈的鮮魚喔！

「你們半夜敲破水管，這種行為對嗎？」

「不對。」 「喵——」

「你們知道自己錯了嗎？」

「知道。」 「喵喵——」

「那麼，接下來你們
得開始工作了。」

哇，我的魚啊！

捏壽司的食材跑掉了！

咚砰　　咚砰　　咚砰

卡ㄎㄚˇ啪ㄆㄚˋ —————

咕ㄍㄨ啦ㄌㄚˋ

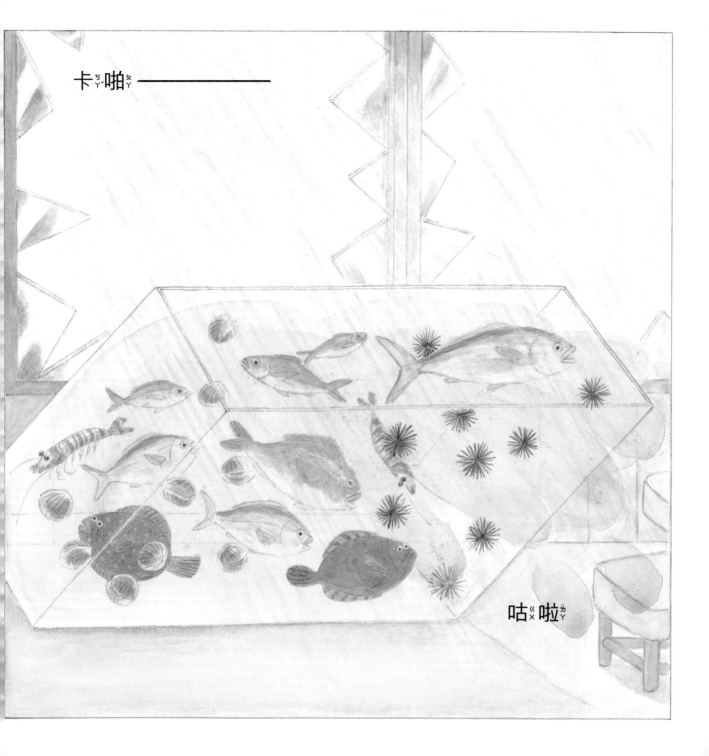

咚ㄉㄨㄥ 啪ㄆㄚ ——————

怎ㄗㄣˇ 麼ㄇㄛ˙ 回ㄏㄨㄟˊ 事ㄕ

嘎ㄍㄚˊ 沙ㄕㄚ ——————

——砰！！

咚咖──

噗西　　噗西

這個不是水管嗎？

聲音愈來愈大了

噗西　　噗西　　噗西噗西噗西噗西……

危險！

嗚_×—嗚_×—

汪汪壽司

御寿司

喵_{口幺}—

完了了 完了了

喵——

吃不到壽司了

那麼，這次就
來挖個洞……

壽司
雲霄飛車

就這麼做吧

喵—— 喵——

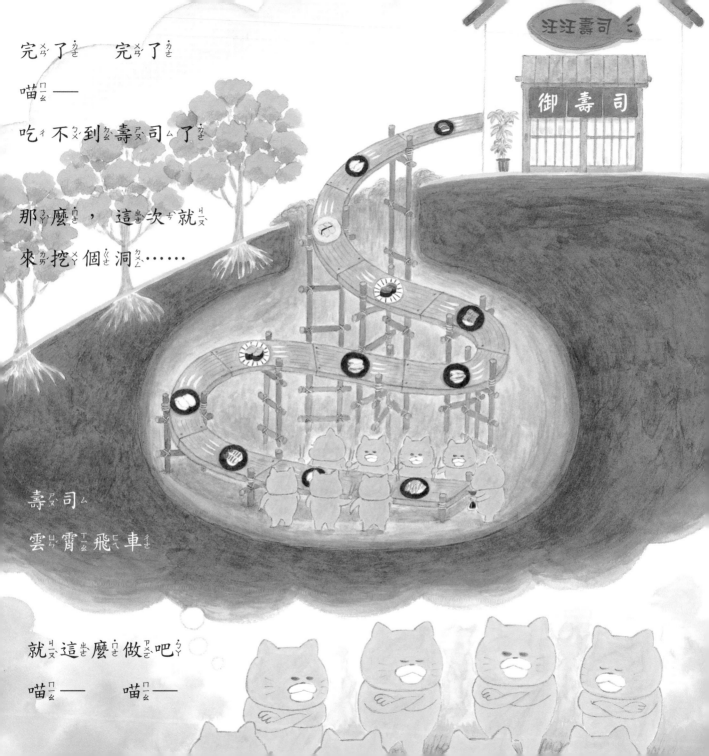

壽司

滑下來了！

好好吃　好美味

用便當的

醬油沾來吃吧

啊ㄚ，糟ㄗㄠ糕ㄍㄠ！

喵ㄇㄠ——

喵—— 喵—— 壽司的溜滑梯！

怎麼還不快點下來

咻ㄒㄡ×嗚× 咻ㄒㄡ×嗚× 咻ㄒㄡ×嗚×

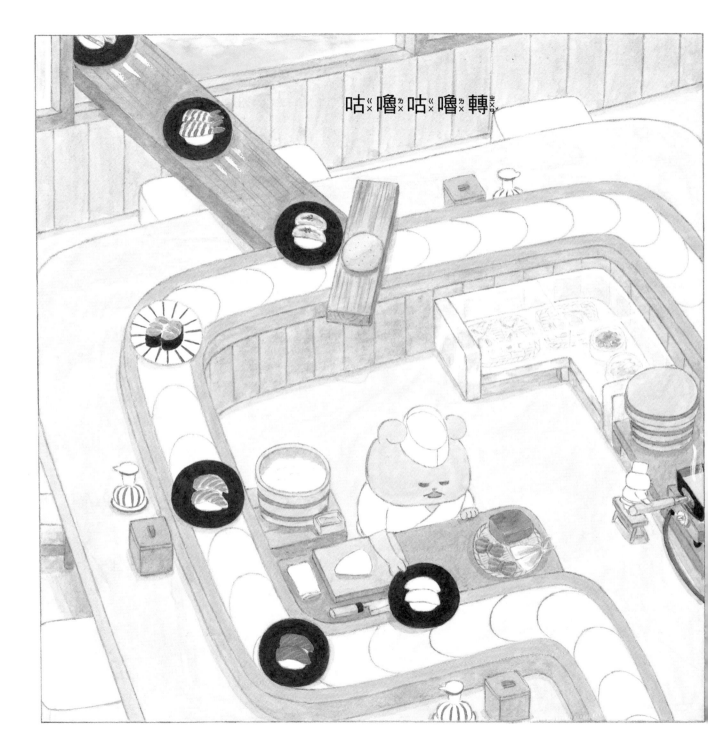

咕ㄍㄨ嚕ㄌㄨ咕ㄍㄨ嚕ㄌㄨ轉ㄓㄨㄢˇ

咕ㄍㄨ咕ㄍㄨ咕ㄍㄨ ——

來ㄌㄞˊ吧ㄅㄚ 今ㄐㄧㄣ天ㄊㄧㄢ
也ㄧㄝˇ要ㄧㄠˋ來ㄌㄞˊ捏ㄋㄧㄝ壽ㄕㄡˋ司ㄙ

咚_{ㄉㄨㄥ}咚_{ㄉㄨㄥ}　康_{ㄎㄤ}康_{ㄎㄤ}
咚_{ㄉㄨㄥ}康_{ㄎㄤ}　咚_{ㄉㄨㄥ}康_{ㄎㄤ}
喵_{ㄇㄠ}——喵_{ㄇㄠ}——

咚ㄉㄨㄥ 咚ㄉㄨㄥ　康ㄎㄤ 康ㄎㄤ

咚ㄉㄨㄥ 康ㄎㄤ 康ㄎㄤ

喵ㄇㄧㄠ——

嗚ㄨ── 嗚ㄨ──

喵ㄇㄧㄠ── 喵ㄇㄧㄠ── 嘿ㄏㄟ咻ㄒㄧㄡ
嘎ㄍㄚ拉ㄌㄚ嘎ㄍㄚ拉ㄌㄚ嘎ㄍㄚ拉ㄌㄚ

喵<rt>ㄇㄧㄠ</rt>，壽<rt>ㄕㄡ</rt>司<rt>ㄙ</rt>看<rt>ㄎㄢ</rt>起<rt>ㄑㄧ</rt>來<rt>ㄌㄞ</rt>好<rt>ㄏㄠ</rt>好<rt>ㄏㄠ</rt>吃<rt>ㄔ</rt>　喵<rt>ㄇㄧㄠ</rt>，壽<rt>ㄕㄡ</rt>司<rt>ㄙ</rt>在<rt>ㄗㄞ</rt>迴<rt>ㄏㄨㄟ</rt>轉<rt>ㄓㄨㄢ</rt>

好<rt>ㄏㄠ</rt>想<rt>ㄒㄧㄤ</rt>吃<rt>ㄔ</rt>壽<rt>ㄕㄡ</rt>司<rt>ㄙ</rt>喔<rt>ㄛ</rt>　喵<rt>ㄇㄧㄠ</rt>——喵<rt>ㄇㄧㄠ</rt>——

這是汪汪的壽司店，

野貓軍團正在外面偷看……

野貓軍團
壽司店

文・圖／工藤紀子　譯／黃惠綺

野貓軍團壽司店

作・繪者／工藤紀子

譯　　者／黃惠綺

發 行 人／黃長發

副總經理／陳鳳鳴

副總編輯／呂淑敏

主　　編／吳伯玲

美術編輯／郭憶竹

出 版 者／台灣東方出版社股份有限公司

地　　址／臺北市大同區承德路二段 81 號 12 樓之 2

登 記 證／局版臺業字第 0840 號

電　　話／（02）2558-1117

傳　　真／（02）2558-2229

郵撥帳號／0000002-6

初　　版／2016 年 04 月

初版三十刷／2024 年 03 月

定　　價／280 元

ISBN：978-986-338-122-8

NORANEKO GUNDAN OSUSHIYA-SAN

by Noriko Kudoh © Noriko Kudoh 2015

First published in Japan in 2015 by HAKUSENSHA, Inc., Tokyo.

Traditional Chinese language translation rights arranged with HAKUSENSHA, Inc., Tokyo

through Japan Foreign-Rights Centre / Bardon-Chinese Media Agency.

Traditional Chinese translation copyright © 2016 by The Eastern Publishing Co., Ltd.

All rights reserved.